강만수 시집 황금두뇌 시인선 009

피어난 계단

　피아노 계단은 첫 번째 시선집이다. 아홉 권의 시집 1172편의 작품 중에서 장애인과 사회적 약자에 관한 시를 추려내 묶었다. 그동안 펴낸 「가난한 천사」 이후의 시집들을 다시 끄집어내 퇴고하면서.

　부끄럼 없이 시업에 충실했는지 나 자신에게 묻고 또 물었다. 장애는 무엇이고? 비장애는? 장애와 비장애에 대해 나름 내린 결론은.

　현실에 굴복하지 않고 함께할 수 있는 방법을 찾겠다고.

　그분들에게 조금 더 가까이 다가갈 수 있는 방법은 무엇일까? 그들 눈빛에 들어있는 어떤 그 무엇에 대한 갈망을 되새기다. 그 몸짓에 이끌려 나는 오늘도 빠르게 사라지는 시어의 끝을 쫓고 있다.

2015년 4월 3일
여산제에서 강만수

2015년 • 사진_ 청강

| 차례 |

피아노 계단

1부

낯선 여자

쇼윈도에 자신을 폭 빠뜨린 채
그 안을 들여다보는 여인을 향해

저 안에 어떤 무엇이 있어
발길을 멈춰 세우게 하는 걸까

건너편 이층 창을 통해 바라보다
저 여자의 앞모습은 어떨지

늘 이 시간대만 되면
그 자리에 한참을 붙박이로 서 있다

발걸음을 옮기곤 하던

낯선 그녀는 도대체 어떤 여자일까
며칠 뒤 궁금함을 참지 못해 매장을 찾았다

그곳엔 다리의 높낮이를 맞춰 제작해 주는
장애인용 까만 구두가 반짝이고 있었다.

붉은 약국

푸르고 붉은 약을 사 모으기 위해 약국들을 다녔다

한 움큼 알약들을 손에 쥔 채로 침대에 누워

영원히 깨고 싶지 않은 마음에 꿀꺽 삼켰다

그러다 불에 덴 듯 격심한 통증 끝에 다시 일어나
게 됐다

앰뷸런스 소리를 들었던 것 같다 그렇지 않은 것
도 같았던
인생엔 빨간 불이 켜지는 순간이 있다
그 불빛 앞에서는 멈춰야만 한다

그러나 멈출 줄 모르고 벼랑을 향해 달려 나가는
삶도 있다
그렇게 영원히 깨나지 못하고 삶을 끝내는 이

내 안에도 있다 가끔씩 불쑥 튀어 나오는 그

강릉 아재

먼지 낀 채로 녹이 슨 시장 앞 거치대에
오랜 시간 방치된 리어카들을 봤다

누가 놓고 간 걸까
그 누구도 거들떠보지 않는 그것들을 바라보다

질척거리던 어시장 골목길에서
손수레를 끌고 다녔던 아재의 기억을 되살려

바람 빠져 주저앉은 헌 바퀴를
새 바퀴로 갈아 끼운 뒤 바퀴를 굴리고 싶었다

짐을 가득 싣고 땀을 뻘뻘 흘리며
사과밭 뒤 언덕을 오르고

속초항에서 거친 어부들 사이 해맑게 웃는
다른 이들과는 너무도 달랐던

월남전에서 왼팔이 떨어져 나간
상이용사인 그가 떠올랐다

그는 수레와 같은 사람이었기에

개그맨

웃긴다 그는 사람들을 웃길 줄 안다
울린다 그는 사람들을 울릴 줄 안다

그는 아무것도 아니다 그는 아무것도 아니기 위해

애쓴다, 애쓰고 있다 그러다 어느 사이
그는 구경거리가 되었다

그 순간 그는 이 시대 최고의 개그맨이 되었다

능수능란하게 사람들을 웃고 울리는 연예인으로
전성기를 구가하던 어느 날

깜박 잊고 먹지 못한 혈압 약으로 인해
갑자기 무대 위에서 쓰러진 뒤

사내는 한순간에 모든 것을 잃고
유명세와 관계없이 아무도 찾아주지 않는 환자가
돼 버렸다

그가 장기 입원하고 있는 병원은
산이 높고 골이 깊으며 공기만 맑다는 노인 전문
병원이다

그곳 병원 내에서도
그는 웃기는 인간이 아닌 건강관리를 제대로 못한

우스운 인간이 됐다 개그의 기본은 아이러니다

九旬

목구멍과 만났다
똥구멍과도 만나 수다를 떨다
때 묻고 내 것이 아닌 것 같은
목구멍과 똥구멍으로 이어진 긴 터널 끝

몸 안에서 꼬부라진 나이 구십을 넘기며
시간을 묵묵히 견뎌온 몸

무릎관절 삐걱이는 소리 환청처럼 들린다

그 소리 내 안에 있다
아니 바로 곁에 있다

그러나 모든 사실을 시시콜콜 다 말하긴 어렵다

엄지발가락

왼쪽 발은 발가락이 다섯 개
오른쪽은 엄지가 잘린 채 네 개만 달린 발가락

오른쪽 발가락에 힘을 주어 걸으면 엉기적엉기적
왼쪽 발가락과 오른쪽 발가락의 균형이 잡히지 않는

그러나 오른손은 손가락이 다섯 개다
왼손은 네 개지만 오른손은 손가락이 온전해

밥을 먹거나 책을 읽을 때 불편함이 없다
잘려진 왼쪽 손가락과 오른쪽 발가락이지만

몸은 부족한 가운데서도 균형을 잡는 것 같다
부자유한 가운데 적응 불편함을 잊게한 몸

훌륭하다

그런데 왜 잘린 걸까
문득 궁금해진다.

길은 참 멀다

숙희 미용실 앞에서 케인을 손에 쥐고 틱 틱 툭툭 툭
왼쪽에서 오른쪽으로 방향을 잡지 못한 채

그저 맴돌기만 하는 늪에 빠진 것 같은 청년을 바
라보다

그 앞으로 다가가 도와 드릴까요? 물었다.
짧게 기어들어가는 목소리로 아! 네.

정인학교에 가시는 길인가요?
네……, 제 손을 잡으세요 이쪽입니다.

언덕이 가파르니 조심해서 내려가야 해요

왼쪽 손을 잡고 골목길을 걸어 내려갔다

잠깐 동안이었지만 먼 길처럼 느꼈을
그와 학교 앞 정문까지 함께했다.

새에 관한 기억

산탄총 맞은 한 마리 새

퍼덕인다

푸드덕거리다

날갯짓을 멈춘 채

숨을 헐떡이고 있다

저 새를 어이할까

한참을 망설이다
그냥 지나칠 수 없어

새의 가슴에 손을 넣어 안았다
부리가 흰 새

트렌스젠더

남자이지만 남자일 수 없고
여자이지만 여자 아닌

그들을 이상하게 보지 말자
그들이 원하는 삶을 살아갈 수 있게끔

우리 모두는 실체를
그대로 받아들이도록 하자

저기 남자였던
아니 여자였던 이들이 오고 있다

그래 이제는 성별과 관계없이
이웃으로 대하도록 하자

사람이 사람을 멀리 하지는 말자

빈센트 반 고흐

노란 색 길을 걸어 붉은 색
흰색 길을 걸어 검정 색
초록 색 길을 걸어 보라 색
남색 길을 걸어 파란 색
주황 색 길을 걸어 언덕으로 올라간

노란 색 파란색 흰색 초록색 남색 보라색으로 뒤섞인
높은 언덕을 걸어올라

초록 색 노란 색 남색 파란색에 빨강색 등으로
실내 장식을 곱게 칠한

구릉 위 지어 놓은 높은 곳에서 색에 묻힌

그 사내를 당신은 기억하고 계시는지
한쪽 귀가 없는 그

내 다리

내 다리는 두 개인가 네 개인가 두 다리로 걸으려
다 걷지 못하고
팔과 다리 네 개로 기어 다니다

바퀴 달린 휠체어 두 바퀴를 덧붙이니 여섯 개라

내 다리는 두 개인가 네 개인가 여섯 개인가
그것도 부족하면 네 개를 더 보태 휠체어를 밀게
하니 합이 열 개

두 다리로 걷는 두 다리로 걷고 뛰는 사람들을 바
라보다
왜 저들은 다리가 두 개밖에 없는 걸까

내 다리는 앉아 있을 때는 둘 방 안에서 움직일 때는 넷
밖으로 나다닐 때는 여섯 혹은 열 개 씩이나 되는 것을

두 개 밖에 없는 두 다리로 걷고 뛰는 저들은 스페
어타이어
아니 예비 다리가 없다

그것이 없는 저들은 타이어 아닌 다리를 갑자기
다치기라도 하면 어찌할까

내 다리는 여섯 개에 열 개인데 거리에서 두 다리
만으로 힘겹게 걷는
저들을 보게 되면 안쓰럽다

측은한 마음에 쓰지 않는 다리라도 내줘야 할까

피터 팬

철이 들어 어른이 되는 아이와
그렇지 못한 소년

그래 모두들 성인이 됐지만

그럴 수 없는 녀석은
지금도 그가 떠나온 골목 어귀에서

아이스크림을 빨아 먹으며
시간을 흘리고 있다

함께한 아자들은 성년이 됐건만
사물의 이치를 분별할 능력이 없어

어른이 될 수 없는

여전히 코를 닦아줘야만 하는
철수는 철이 들지 않았다

그저 몸만 늙어갈 뿐이다

여동생

제초제를 뿌리고 또 뿌려도 다스려지지 않아
잡풀이 길을 막고 서 있는

샛길에서 바퀴가 하나인 손수레를 굴렸다
외바퀴로 길을 낸 뒤

농사철에는 하루도 쉬지 않고 두엄을 날랐다
쉬는 날이나 명절에는

바퀴를 굴릴 일이 없어 마루에 멍하게 앉아 있다
예쁜 여동생을 수레에 태운 뒤

집 뒤 강으로 이어진 길을 향해 밀었다
교통사고로 걸을 수 없게 된 누이동생을

마치 긴 활주로를 숨 가쁘게 내달린 보잉 747처럼
나는 동생을 수레에 태운 뒤 하늘로 날고 싶었다.

낙원상가

하수구에서 찍찍거리는
몇 마리 쥐들을 봤다

서너 마리쯤 돼 보이는

벤치에 팔과 다리를 제대로 움직이지 못하는
노인이 쭈그려 앉아 있다

그 모습이 쥐를 닮았다
아니 쥐보다도 더 궁해 보였다

낙원은 어디에 있는 걸까
낙원상가를 거닐며

낙원을 찾아 헤맸다

취미생활

소아마비 공주는 신발장에 수백 수천 켤레
구두를 수집 보관하는 취미를 갖고 있다

휠체어에 앉아 밑창이 전혀 닳지 않는
빨강과 검정 등 여러 빛깔의 구두를 신고 다니다

신상품이 출고 됐다는 소리에 곧바로 백화점 매장
에 들러
새로운 디자인의 굽 높은 킬힐을 구입

번쩍이는 유리로 된 신발장 안에 넣어두는
여자의 구두는 장식용인 걸까

실용 면에서만 본다면 평생 한 켤레만 있어도 될
그것들을 그저 한두 번 신은 뒤 보관하는

그녀에게서 채워지지 않는 허기
가슴을 쿠우욱 찌르는 깊은 통증을 느꼈다

병상일기

뜨거운 바람이 노란 달덩어리를 산 위로 들어 올린다
양파 같은 달

비범하게 아니 평범하게 다가섰던 그 달빛들을 통해
병실 침대에서

고통과 희열을 느꼈다 그것은 꺼지기 직전 촛불과
같았다
창을 통해 본

시시각각 다른 모습으로 온갖 빛을 뿜어내던 달빛
은 고요했다
고요한 바다와 같은 병상에서

어느 가을 날 코끝을 스치는 비릿한 달빛 냄새
붉고도 노르스름한 그 기운을 눈에 담고 느끼기 위해

침대에 코를 박았다

도장공

젊은 나이에 너무 일찍 화가의 꿈을 내던진
칠장이는 칠을 하고 있다

앞으로도 벽에다 아니 벽이 아닌
그 어떤 건물 공간이라고 해도

그는 칠을 할 것이다
쉼 없이 붓질과 롤러 질을 하게 될 것이다

자신에게 특출한 재능이 있는 걸
갈고 닦는 행위를 애써 포기한

그의 눈에는 칠을 할 벽 외에는
그 어떤 것도 보이지 않기 때문이다

주어진 재주가 페인트칠을 하는 것 외에는
따로 없다고 생각한

듣지 못하는 그에겐 희망이 없다
아니 그는 생각을 바꿔

굳센 희망을 다시 가슴속에 그려야만 한다

문턱

휠체어를 민 뒤부터 벽을 알았다
그 앞에서 난감해 하다 넘어설 수 없었을 때

걸을 수 없는 이들에게 문턱은 공포로 다가온다

오늘도 봤다 길을 걷다
누군가의 정강이를 걸어 찰 것처럼 서 있는 돌 말뚝

확 치울 방법은 없는 걸까
설혹 그곳이 사유지라고 할지라도

사람들이 늘 다니는 곳은 사실상 공공 영역이므로

모든 이에게 낮은 자세로 넙죽 엎드리게 할 순 없
는 걸까

방법을 찾아야 한다
차렷 열중 쉬어 자세를 저것들이 유지하게 해야만 한다

특히 상대등 (장애인) 앞에서만큼은

피아노 계단

바닥에서 바닥으로

발자국에서 발자국으로

바닥이 빛이다 발자국은 빛으로

어둡다 긴 어둠은
빛을 몰아내고 있다

가자가자 저 캄캄함을 몰아낸 뒤
벌떡 일어서서

어두컴컴해 보이지 않는 세계
너무 늦지 않게 빠져 나가도록 하자

첫 계단은 도 다음 계단은 레에서 미로 이어지는

계단 밖 세상을 향해

초인종

산파의 도움도 없이 무거운 몸을 푼
그녀는 풍선처럼 부풀어 올랐다

푹 꺼진 자신의 배를 내려다본 뒤
아이를 안고 사층 여관방을 나왔다

아이 아빠는 왜 오지 않은 걸까
남자에게 버림받은 충격으로 인해

둥근 달빛 아래에서도 앞이 보이지 않을 만큼
정자는 눈앞이 캄캄했다

그러다 누구의 집인지도 모르는
언덕 위 초록 색 대문 앞에 아이를 내려놓은 뒤

초인종을 몇 번씩 반복해 눌렀다
문이 열린 뒤 그 집의 안주인이 나와

아기를 안고 들어가기를 간절히 바라며
남 뒤에 숨어 여자는 지켜보았다

이십 오년이 지난 뒤에도 그녀는 살펴보고 있다
언어 장애를 지닌 아들을

중얼거리다

중얼거리며
그 사내는 내게 다가왔다

혼잣말처럼 혼자 온
그러다 갈 때도 올 때처럼 간

뭔가에 빠져

수요일
아님 목요일
혹은 금요일쯤

골목길에 갇혀 있던 그는
어느 순간 골목을 빠져 나갔다

중얼중얼 의식을 다른 곳에 둔 채

정비공

브레이크가 잘 듣게끔 손을 본 뒤
버스가 도로 위를 안전하게 달릴 수 있도록

냉각수를 채워주고 엔진오일도 교환하면서
마을버스와 함께 하루 또 하루를

그에게 주어진 일 년 삼백육십 오일을
정비소에서 주어진 삶을 성실히 살아낸

다리가 불편한 그를 만났다
왼쪽 무릎 관절을 타이어를 갈아 끼우듯

어느 날 수술한 정비사 박씨
정년퇴직이 얼마 남지 않아

십년 만기 적금과 퇴직금으로
인생 이막을 새롭게 시작 하겠다는

변두리에 카센터를 곧 차리게 될 그

살라오

몸이 춥다
그러나 몸보다는

마음이 더 춥게 느껴져

따뜻한 곳을 찾아
밤이 늦도록 거리를 헤맨다.

살기 위해
아니 죽으려 했건만

죽어지지도 않아
손목이 잘린 팔을 주머니에 집어넣고

* **살라오** : 스페인어로 경제적으로 최악의 상태에 이른 사람을 표현한 말

우울증

포도나무에 매달린 포도송이와
사과나무에 매달린 붉은 사과 알들
복숭아나무에 매달린 복숭아와
배나무에 매달린 노랗게 익은 배도

슬프다 그래 깊은 우울증이다
나무들은 병에 걸려 있다
긴 병마에 시달리고 있는 환자 눈에는
모든 게 눈물이다

그렇다 세상은 침울하다
답답한 눈으로 보게 되면

복숭아가 익었다 사과와 배도
과일들은 익게 되면 나무에서 떨어진다
그녀도 깊은 권태와 무기력증으로 인해
떨어졌다

여자가 목을 맨
시간은 새벽 두 시쯤이었다
십칠 층 아파트 거실에서
유명 여배우인 그녀는 삶을 끝냈다

천민자본주의

돈이 없는 자 죽어야 한다 그래 죽자 죽어버리자
돈이 없는 장애인과 아이들 그리고 할머니 할아버지

그냥 놔둬도 저절로 죽게 된다

그런데 왜 칼을 빼들어 찌르려 하는 걸까
그냥 그저 무료함을 달래줄 가학적인 이유만으로

돈을 벌지 못하는 지금
이 시대에선 돈을 못 벌게 되면 도태 된다

일자리에서 밀려나면 그 순간부터 얼마나 더 버틸
수 있을까
숨 쉬는 공기와 마시는 물까지 돈으로 막아야만 하는

돈이 없으면 저절로 죽게 된다 어떤 식으로든 가
게 될 것을
무슨 연유로 그 손에 피를 묻히려고 하는 건가

네 발 달린 전동차

두 발 달린 자전거는 매우 빠르게 달린다

날쌘 자전거가 좋기만 한 걸까

네 발 전동차에 올라타 뛰뛰 빵 빵

벨을 누르며 동네를 누비고 싶은

사람이 있다 두 발로 걷는 사람이 아닌
네 바퀴 위에 두 발을 올려놓은 이

그 사람은 네 발 자전거를 탄
아이의 마음으로 되돌아가기 위해

골목길을 마구 누비는 걸까

매화주택

매화꽃이 피는 것도 모르고

방에서 삼십여 년을 누운 채
척수장애로 지낸

그는 어느 봄날 창을 활짝 열어젖힌 채
붉게 핀 매화꽃을 바라보다

그 집을 홀연히 떠날 수 있었다

자신을 오랜 시간 가둔
무거운 몸에서 빠져나와

평생 원이었던 명 고개를 넘었다
.

25세기 병원

병원에서 손가락을 사왔다
손가락에 붙이는 반창고 대신

발가락에 바르는 무좀약 대신 발가락도

눈알을 사왔다
두 눈에 넣는 안약 대신

이빨을 사왔다
치통으로 먹게 되는 진통제 대신

혓바닥을 사왔다
갈라진 혓바닥에 바르는 연고 대신

모든 슬픔과 고통을 대신하게 될
괴로움을 잊게 한다는 클리닉에서

고통을 대신하게 될 새로운 장기들을 사왔다

미래 병원에서

亡命

붉은 옷 입은 사내가 왔다

노란 옷 입은 사내가 왔다

파란 옷 입은 사내가 왔다

검은 옷 입은 사내가 왔다

초록 옷 입은 사내도 왔다
웃음 가득 띤 얼굴로 그들 모두는 내게 길을 물었다

미얀마와 아프리카 어딘가에서 왔다는
그들 웃음 속에는 피부 색깔과 국적은 보이지 않
았다

백수

젊은이는 일을 하고 있다
일자리를 찾기 위해 부지런히

대기업에 이력서를 내고 있다
그는 시간을 쏟아 붓고 있다

일을 하고 있는 것이 아닌
일을 하기 위한 일자리를 구하는 일에

삼 년째 시간을 투자하고 있다
앞으로도 더 일을 하기 위해 시간을 보낸다면

그가 원하는 대기업 전자 회사에 다닐 수 있을까
청년은 지금도 매우 열심히 일을 하고 있다

일자리 찾는 일을 하고 있는 계속하게 될

팔십팔 만원 세대인 현재는 무일푼인 그

잠깐만요

저녁 퇴근길 휠체어를 타고 가다

파란 색 보도블록 틈에 바퀴가 끼어
지나가는 사람들에게

잠깐만요, 저! 잠깐만요
도와주세요, 도움을 받기 위해 불렀다.

아무리 소리쳐 불러도 그들은 뒤돌아보지 않고
본체만체 강시처럼 길을 가고 있다

간신히 돌아서 그들 앞으로 다가가 살펴보니

눈은 스마트폰에 고정 되어 있고
귀에는 이어폰 꽂고 있다

아 그래 그랬었구나.
저들 모두는 눈 감고 귀를 막고서 살고 있다

마음도 그렇게 단절 된 걸까

이상한 남자

이해되지 않았다 나 자신도 이해 못하는
나를 이해한다는
그를 도대체 이해할 수가 없다
나는 그를 끝내 이해하지 못할 것이다
나를 이해 한다는 그를 받아들이지 못하는
나 자신을 들여다보게 되면
나는 도저히 나를 참아낼 자신이 없다
무엇으로 인해 극도로 날카로워진 건지

그에 대한 내 감정을 나는 알 수가 없다
밑바닥에 깔린 불분명하고 불쾌한 감정들엔
그 어떤 이유가 있었던 것 같기는 하지만
나를 무조건 이해하겠다는 그를 떠올리게 되면
많은 시간이 흐른 지금에 와서도
나는 그를 당최 이해할 수가 없다
그는 내게 친구 이상의 감정을 지녔던 걸까

그땐 나 자신도 알 수 없었던
그가 게이인 사실을 알게 된 것은
오랜 시간이 흐른 어느 날
직장상사 생일 파티에 파트너로 참석한 그를 통해

느낄 수 있었다 말로는 표현이 되지 않는
미묘한 감정 흐름을

모자

붉은 딸기 잼 병뚜껑 같은 그녀 모자
주황색 땅콩 잼 병뚜껑 같은 그의 모자
벗겼다 다시 씌웠다

딸기 향과 땅콩 향이 일순 코끝을 찔러 대는
운동장을 빠르게 돌거나 느리게 돌게 되면
만나게 되는

딸기 잼 병뚜껑과 땅콩 잼 병뚜껑 같은
모자를 쓴 그들은
빨간 모자와 주황색 모자를 눌러 쓴 채로
중학교 운동장을 걷는 이들

그들은 운동장을 시계 반대 방향으로 집요하게 돌
고 있다
여자는 뇌졸중으로 다리를 절고 있고

남자는 당뇨병으로 걷지 않으면 안 된다고 한다
그들은 시간을 되돌리기 위해 애쓰는 걸까

病

나른하다 또한 노곤하고 날짝지근한 마음으로 인해
몸은 자꾸 어딘가에 벌렁 눕고 싶은

그러다 말겠지 했다 그리하다 말고는 했다
낯설게 느껴지는 시간들이 종종 몸 안에서 들어왔
다 나갔다

침대에서도 그랬고 침대 밖에서도 그랬으므로
별일 아니려니 했다 그러나 어느 새 별일 있음으로 인해

이제는 몸을 쉬게한 뒤 찬찬히 몸 안과 밖을
노곤함 아님 축축함일까 그 상태를 살핀 뒤

그곳을 지나가야 할 것인지 머물러야 할지 판단해
야만 했다
죽음은 그런 길 사이 중간쯤에서 갑작스럽게 그에
게 다가왔다

천상에서 만난 다른 이들도 말했다 모두 비슷한
길을 걸어왔다고
죽음으로 인도하는 지름길은 病이다

고맙게 생각한다.

48

외톨이

누군가가 귀찮게 또는 지치게 하여도
피할 수 없다고 그는 생각했다
왜 그래야만 하는 것인지
그런 사실에 대해 의문을 품지도 못한 채

삶이란 끝없이 불안정한 것이라고
섣부른 결론을 내린
그는 응석받이인 건가 아님 겁쟁이일까
이유 없는 피해망상으로 인해

이젠 두려움에 사람들과
말을 섞는 것도 피하게 된다고 한
아니 사람들에 의해 따돌림을 당하고 있는
과거의 상처에서 벗어나지 못한 채

자신이 있을 자리가 어디인지도 모르고
미래를 향한 희망이란 빛을 가슴에 품지도 못하는
전직 건축 설계사였던
그는 삶을 끝낼 수 있는 날이
빨리 오기만을 기다린다.

下山

팔십년 전 울며불며 세상에 나온
아기가 노인이 된 것인가

스핑크스가 낸 수수께끼의 마지막 정답처럼
지팡이를 짚고 선 늙은이에게선

아이 모습이 보이지 않았다
조용히 산을 내려오는

걸음걸이 뒤에는 도선사가 서 있다
물론 그는 내가 아니다

그러나 오십년 뒤에도 아닐 수 있을 건가
무릎 관절이 안 좋아 보이는

빨간 등산복 입은 저 노인은 누구인가
삶의 노스 페이스를 내려온

그에게서 나 자신을 봤다

내일이란

오늘을 생략한 내일이 없듯이 지금을 뺀 미래는 없다

그러나 오늘에서 다음 날을 삭제한
현재에서 미래를 말살한 뒤 남는 것은

절망인가 잿빛 체념인가 도저히 견뎌낼 수 없는

좌절감에 기진한 네 안의 목소리
희망이 없는 슬픈 미래를 봤다

완전한 위안과 달콤한 휴식은 어디에
오늘을 뺀 내일과 미래는 여기에 있다

아니 예 없다 전엔 없었지만 앞으로는 모르겠다
헛소리로 남게 될

결론은 미뤄놓자
미뤄놓을 과제라도 있기는 한 건가

모르겠다 절망이란 보이지 않는
그래서 두려운 것

孤獨死

암이란다 그냥 구경만 했다

인생은 어쩔 수 없는 시간이 있다

그럴 때는
받아들이도록 하자

내게 허락 된 시간만큼
그러나 견디기 힘든 건

곁에 아무도 없는 상태에서
죽음을 맞아야 하는 것

암보다 두려운 건
그 순간이다

壁

첫 번째 막사발을 깨뜨린 뒤 두 번째 막사발
세 번째 막사발을 깨뜨린 뒤 네 번째 막사발도 깨뜨렸다

보이지 않았다
무엇인가 눈에 보이지 않을 때면

거슬리는 것들을 깨뜨렸다 불합리한 모순된 것들
을 깨고 또 깬다
깨나간다 나 자신이 깨지더라도 관계없이

깨기로 한다 깨고 있다 깨질 때까지 깬다 아자작
깨질 때까지
깨고 있다 주어진 껍질을 깨고 밖으로 나갈 수 있
을 때까지

깼다 재미있다 사회라는 높은 벽 앞에 선
약자인 이들을 위해

이번엔 막사발이 아닌 거대한 벽을 깼다

깨나간다 깨고 있다
깨고 말 것이다

그 여자

첫 아이를 열아홉 살에 낳았다고 한 그녀는
아이를 너무 빠르게 낳아서 처녀 시절을 뺏겼다고 한다

잘 생긴 아기를 출산한 뒤 사람들 앞에서
여자는 얼굴이 붉어지지도 부끄러움을 느끼지도
않았다고

장을 보러 갈 때나 모르는 사람들 앞에 서게 되면
애를 낳기 전엔 말을 더듬거리며 얼굴을 붉혔지만

몸을 푼 뒤 그녀는 그런 행동에서 자유로웠다
아들로 인해 짧고도 아쉬운 처녀 시절을 보냈다고
생각했지만

자식을 구김살 없이 키운
혼자 아이를 키웠던 미혼모인 아낙에겐 남편이 없다

그러나 삼십 년 뒤 아주머니는 부끄러운 일은 하
지 않았다고
결혼을 앞둔 아들과 며느리를 앉혀 놓고 당당하게
말했다

전쟁으로 헤어질 수밖에 없었던 한 남자를 깊이

사랑해
그의 아이를 낳은 뒤 후회 없이 키웠다고

그녀는 사랑했지만 이 나라가 모른다고 내팽개친
남자는 국군포로다

나눔

환하게 웃음 띤 얼굴로 잡다한 일상사와
노동에 지친 꽉꽉 쑤시는 뼈마디

삶은 계란 그 노른자처럼 목구멍 막히게 하는 꽉꽉함

삶에 지친 고단함은 따뜻한 눈빛과
미소를 건네는 것만으로도 걷어낼 수 있다

나눔은 재물을 가진 이만이 할 수 있는 것이 아닌
물질이 없어도 행할 수 있는 것

마음의 문을 열고 따뜻한 눈빛으로 힘들 때
격려해 주거나 무거운 짐 싫다 않고 들어주는

낯선 이에게도 자리를 양보해 주고
묻지 않고도 상대방의 속마음을 헤아려 편케 해주는

無財七施라면 가난하다고 해도 나눌 수 있다
일급 장애인인 벗 靑江도 인세를 23권이나 나누었다

이 세상에 그런 몸짓들이
연못에 연꽃처럼 가득 피어오른다면

무연고에 고독사란 말은 폐어가 될 것이다
나무관세음보살

은둔 남

나갈 거니 안 나갈 거니 그냥 집에 있을 거야

십분 뒤 아님 삼십 분 뒤 나갈지 안 나갈지
나도 잘 모르는 모르겠다

나가게 될지 안 나갈지
안 나가고 집에만 있게 될지 나도 잘 몰라

모르는 걸 물어보니 모른다, 모르겠다
알 수 없다고 말할 수밖에

몰라 언제쯤 나가게 될지 확실히 아는 건 모른다는
사실뿐

그는 군대 제대 후 이십여 년 동안
방에 틀어박혀 외출은 전혀 하지 않고

컴퓨터 게임에 빠져 시간을 죽이고 있다
오거리 장터에서 채소를 파는

늙은 어머니에게 생활을 도맡긴 채
그로 인해 어머니는 오래 살아야만 한다

주유원

주유소에서 자동차에 휘발유와 경유
그러다 난방유를 팔기도 하는

열 넷 또는 열다섯쯤 돼 보이는
계집아이와 사내아이를 번갈아 바라보다

그는 마음이 편하지 않았다 주유소 일이 끝난 뒤

저 아이들은 어떤 직업을 다시 구하게 될 것인지

처음엔 손쉬운 아르바이트로 일을 시작했지만
시간제 일 외에 다른 직업은 구하지도 못한 채

이 사회의 반거들충이가 될지도 모를
 학교를 다니다 말고 집을 나온 비전 없는 청소년
들을 응시하다

 거스름돈은 됐다며 주유소를 빠져나왔다

 철없을 때 종숙 집을 나와
 날품팔이로 떠돌았던 그의 삶 또한 아이들과 다르
지 않았기에

히키코모리

대학을 졸업한 이십대 중반부터 근근이 연금으로 생활하던
아버지에게 기대어 직업을 구할 생각도 않고

삼십년 동안 방 안에서 빈둥거리며 속을 뒤집은 아들로 인해
순간 분노가 치밀어 야구 방망이로

팔십 세 된 아비가 나이 오십인 아들을 무참히 때려죽인
일본 아키타시에서 일어난

놀랍게도 그 집에서 그들 부자가 오랫동안 살고 있었던 사실을
이웃 주민들도 전혀 몰랐다고 한

그저 엽기적인 섬나라 일본의 이야기일 뿐이라며
무심중에 넘기기에는 왠지 두렵게 느껴지는

삶의 의욕을 잃는다는 건 이렇게 참혹한 건지
노부모가 죽어 생활이 어렵게 될 경우

직업을 구하기보다는 굶어 죽는 길을 택하거나 자

살을 하겠다는
  그런 이들을 일본에서는 히키코모리라고 부른다

  우리는 이런 이들을 무엇이라고 불러야 하는 건가
  빙충이 또는 머저리라는 말이 있기는 하다

  어떤 이들은 유기견까지도 거두어 보살핀다고 하거늘
  능력이 전혀 없는 경쟁력 잃은 자식을 위해

  무한히 먹여주고 입혀주면 안 되는 걸까
  왜 부모가 돼 자식을 때려죽이나

  그것이 어렵다면 이 꼴 저 꼴 보지 않을 방법이 전
혀 없는 건 아니다
  종내는 자신을 스스로 죽이거나

  인도의 요기들처럼 숲으로 들어가면 될 것을

감정 브레이크

아내가 싸 준 도시락을 들고 가 점심식사 때
일터에서 동료들과 함께 먹으려고 했으나
누가 김 氏와 같이 한자리에서 점심을 처먹는데
건설현장에서 동료라는 사람들이 내뱉은 말이다

그런 말을 들은 뒤 그들과 함께 할 수 없어
시멘트 바닥에 앉아 꾸역꾸역 혼자서 찬밥을 먹었다
막일을 하다보면 사람도 막가게 되나보다
이유 같지 않은 이유로 싸우겠다고

종주먹을 들이대는 그런 이들과 마주하게 되면
급하게 감정 브레이크를 밟게 된다
순간적으로 분노가 치솟는 화를 죽이지 않으면
주먹과 발길질을 그들의 턱과 명치에 날리게 될
것만 같아

끼이익 이번에도 호흡을 고르며 평상심을 찾기 위
해 노력했다
어제도 밟았고 그제도 밟았다
인생이란 멀고도 험한 길을 달려 나가며
언제든 밟아야 하며 밟을 준비를 해야만 할 브레이크

인간에 대한 기본적인 예의도 몰라

어긋난 언행을 주저 없이 드러낸

앞으로도 일터를 찾아 전국을 떠돌 것만 같은 공사

판 노동자 또는

인부나 막일꾼이라 불리는 그들은 이 사회의 소외 계층

브레이크는 소모품이다

언젠가는 속도조절이 되지 않을 수도 있는 법

더욱 조심하며 살아야만 할 것 같다

國際迷兒

國籍이 없어 本籍이 없는
그녀를 나는 본 적이 없다

그녀도 나를 본 적이 없다
그녀와 나는 서로 만나 본 적이 없다

나는 국제 미아다
그녀도 나와 같은 처지다

그 어떤 나라의 국민으로도
보호와 도움을 받을 수 없는

처지다

가난한 천사

늙은 아비의 눈이 되어
어린 딸이 복잡한 전철 안에서
그 아비의 지팡이를 끌면서

태산을 넘어 험곡에 가도
빛 가운데로 걸어가면

찬송가를 부르며 작은 손을 내밀어
이 사람 저 사람에게 플라스틱 바구니를 내민다

눈을 감아버리는 사람 못 본 척 외면하는 사람

그러나 따뜻한 마음으로 외면하지 않고 손을 내밀어

딸그락 백원 딸그락 이백 원
딸그락 딸그락 딸그락

그들이 세상의 빛이요 소금이라

실업

직장에서 목이 잘린 목이 뎅겅 떨어진

남자를 봤다 목 없는 남자였다
직장이란 전장에서 목이 잘린

목이 날아간 여자를 봤다 목 없는 여자였다

여자 화장실에서 목이 없어 울지도 못하는
남자 화장실에서 목이 없어 울지도 못하는

몸통과 목이 따로 분리 돼 바닥에 뎅구는
남자와 여자를 봤다

울고 싶을 때 울 수도 없고 웃고 싶을 때 웃을 수
도 없는

목이 잘린 목 없는 남자와 여자는
갈증에 물을 마실 수도 없다고 한다

그들을 바라보다 마음이 무너졌던 기억이 있다
물조차도 마실 수 없고

사랑하는 이들을 맞바라볼 수도 없음에

목은 참 소중하다

잘린 뒤 그것을 안다는 게 문제긴 하지만
이 시대 기업이란 조직은

오직 이익만을 추구하는 집단인 건가
그들의 분식 회계는

피로 처바른 혈식 회계다

房에 대한 깊은 명상

　이층집에 편안한 공간을 만들었다 위층은 침실로
꾸몄으며
　아래층은 작업실을 만들었다

　위층엔 아무도 올라오지 못하게
　비밀번호를 나만 아는 도어 록으로 잠갔다

　주로 위에서는 밤 시간을
　아래층에선 낮 시간을 보내다 무료할 땐 오디오를
틀어놓고

　맥주를 마셨으며 위층에선 홈시어터로 유럽 예술
영화를 즐겼다
　또한 두 대의 전화기를 다이얼식은 아래층에

　버튼 전화기는 위에다 두었다
　그 밖에도 또 있다 한동안 개를 키운 적도 있다

　그 개는 친구에게 선물로 준 뒤 지금은 페르시안
고양이를 키운다
　오래 전 인천을 떠나 온 뒤부터 지금까지 나는 이
렇게 분리된

두 개의 공간에서 구어박혀 생활했다
일층은 작업실을 이층엔 마호가니 침대를

밤 시간과 낮 시간을 다른 공간에서 보내며 조각에
열중했다
햇볕 전혀 안 드는 길음동 지하방에서

여전히 나는 이층집을 끝없이 짓고 있다

치매 노인

면목동 124번지에서 집을 나간
키가 크고 등이 굽은 팔십 대 노인

그 며칠 뒤 청량리 역 시계탑 앞 CCTV에 잠시 잡힌
이 어른을 보신 분이 계시는지요

일 년 육 개월이 넘도록 감감 무소식이 돼버린
저녁 식사 맛있게 잘 드신 뒤

슬그머니 사라진 경호 할아버지를 찾습니다.
치매 노인 40만 시대에 십 년 뒤엔 70만이라는

이젠 그 어떤 이도 자유로울 수 없게 된
온다 간다 말없이 슬그머니 증발된 뒤

일 년 육 개월 하고도 이십 일이 지난 어느 날
지방 경찰서로부터 급하게 연락 받고서

아들이 집으로 모셔온 그 열흘 뒤에 숨을 거둔
옆집 기봉이 춘부장

슬픈 주검

법의학자인 그는 죽은 이를 검시하기 전
시신을 툭 건드려 본다고 한다

그런 뒤 반응을 보이지 않음
사진을 찍은 뒤 부검을 하고

분석을 위해
조직 샘플을 떼어낸다고 한다

해부실로 시구를 옮긴 뒤 수술 칼을 들고
쇄골에서 흉골까지 브이 자로 가른 뒤

다시 흉골에서 치골까지
절개를 계속해 나갔다

메스 질에 그의 몸이 열렸다
사십이 넘도록 결혼도 않고 오층 연립주택에서

혼자 살았던 그는 간질장애였다.

요양원

치과 앞 계단에서
의사를 만나 진통제 처방을 받는 것을 잊었다

치통을 까먹었다

기원 앞 계단에서
친구를 만나 내기 바둑 두는 것을 잊었다

약속을 잊어뿌리다

아들과 레스토랑 앞 계단에서
포크커틀릿으로 점심을 먹자고 한 것을 잊었다

배고픈 것을 잊어삐다

서울역에서 매표소를 찾다
대구 행 기차표 사는 것을 잊었다

누님에게 가는 것을 잊이삐리다
언제부터였는지 기억나지 않았다

흐릿한 기억 앞에서
검붉은 초콜릿처럼 녹아내리는 기억들

초콜릿은 먹었지만
지나간 기억은 떠올릴 수가 없었다

집을 잃어버린 뒤 그는 요양원에 머물게 됐다
그 아들과 딸에 의해

요양원 이름은 효자 요양원

마지막 여행

체크인을 마친 부부는 프런트에서 바로 삼층 계단
을 올라갔다

그 둘은 육십 년 전 신혼여행을 갔을 때 사흘 간
묵었던
그 방 소파에 앉아 맥주에 농약을 타 함께 마신 뒤
침대에 누웠다

더블 침대 위에서 부부는 휴게실에서 친구를 기다
렸을 때처럼
서로의 손으로 깍지를 낀 채

손가락뼈가 부서질 정도로 심한 고통을 견뎠던 것 같다
아들 내외와 손자들과 한 지붕 아래에서 살았던
노부부는

대학병원에서 대장암 말기 판정을 받은 남편으로 인해
정든 그 집에선 죽을 수 없다고 마음을 굳혔다

수덕사와 맹사성 고택 등 나흘 동안의 여행을 마치고
부부는 자신들이 쓰고 남은 통장 잔액과 은행 부
채 내역을 밝힌 뒤

아들에게 온천장에서 마지막 날 밤에 뒷수습을 부
탁하는 편지를 남겼다
뇌졸중을 앓고 있는 그 아내도 남편과 함께 삶을 마쳤다

할머니가 입었던 옷은 신혼여행 때 한 번 입은 뒤
고이 보관한 인조견 속옷이다

하리잔

미안해 배신해서 정말로 미안 그렇지만 우정은 변
하지 않을 거지
이곳에 다신 오지 마 이런 식이면 곤란하다며 거품
을 뿜어대던

도울 수 있는 일은 돕겠다더니 돕기는커녕 답답한
사람이라며
행동이 아닌 말로만 떠들며 은연중 자신의 우월함
만을 드러낸

자신들이 필요할 땐 하루에 열두 번씩 전화질로 사
람을 지치게 하다
그렇지 않을 땐 낮 시간 내내 전화를 걸어도 묵묵
부답에 수신불가인

친구와 동료 선배라는 이름으로 수십 년을 만났던
이들이
내게 보인 말과 행동에 오십여 년 인생을 살아내며
겪은 일들은

그들에게 가난한 나는 만나고 싶지 않은 인간
곁에 있기만 해도 소름이 돋는 불가촉천민

그는 말했다 자신에겐 내가 기피인물 일호라고
이 모든 말들을 취합 정리하게 되면 부덕의 소치란
말이 떠오르게 된다

그러나 친구와 동료 선배여 경주는 아직 끝나지 않
았음을 그대들은 모르나
음지가 양지 되고 양지가 음지 되는 이치를 당신들
은 곧 알게 될 것이다

내게도 변화가 있다 작은 변화라고 하지만 결코 작
다고 할 수 없는
내 안에서 시작된 혁신으로 인해

하리잔에서 일순간에 브라만이 되는 것을
믿을 수 없겠지만 그대들은 곧 보게 될 것이다

그래 그런 희망을 가슴에 품고 산다

피아니스트

벌린 입 반짝 은니를 드러낸 푸르스름한 입술을
봤다
그러나 마지막 연주를 위해

무의식 상태에서도 피아노 건반을 머릿속에서 그렸을
숨이 넘어가는 그 순간에서야

그는 니콜로 파가니니를 만난 것인가
그래 그곳에서 무엇보다 우선해

바이올리니스트를 만났으리라 생각 된다
그와의 협주곡은 카니발이었을 것이다.

자식을 다섯이나 낳았지만 아무도 찾아오지 않아
임종을 지킬 이 없는

병실 창문 밖으로는 나뭇가지에 매달린
마지막 은행잎이 가을바람에 흔들리고 있다

그 사내

지하철 칠호선 전동차 안에서

키익 킥 캑 캑 거리는

여름 철 쉰 음식과 같은 냄새

아니 알 수 없는 소리를 반복해서 지르는

이십대 중반쯤으로 보이는

지적장애를 지닌 사내를 바라보다

오랫동안 목욕을 하지 않은 걸까

코를 찌르는 시큼한 냄새로 인해

구역질을 견디기 힘들었다

오리골 저수지

흙먼지 부옇게 날리는 비포장도로 길가 버스에서
내린 뒤

오리를 더 가게 되면 오리 모양으로 생긴 저수지
그곳에 있었다

아들 친구에겐 낚싯대 가방을 들게 한 뒤
아버지는 소아마비인 큰자식을 업고 걸었다

마침내 도착한 저수지에서 조간을 냈다
한 마리도 잡지 못하다

새벽 동틀 무렵쯤에서야 세 칸 낚대에 걸려든
입이 큰 메기

두 마리 세 마리 아버지가 연신 끌어올렸던
오리를 가게 되면 보인다는 저수지 오리를 더 가
도 지금은 없다

당신과 내 기억 속에만 남은 오리골 저수지

발톱과 발가락

발톱으로
어둔 밤을

손톱으로도 긁어본다
먼 새벽을

발가락을 꼼지락거려본다
손가락도

빛이 보이는
아침을 향해

잘린 다리가 가렵다
환상통인가

날개

찢어진 날개에 매달려 날겠다며

저 푸르른 하늘을 향해
날고야 말겠다고

땅바닥에 떨어져서도 버둥거리던 배추흰나비처럼

국립재활원에서 반드시 일어서서 걷겠다고

일어서려다 주저앉는 이를 봤다

찢어진 날개로라도 날고야 말겠다며
스스로에게 채찍을 든 이

그 간절한 바람으로 인해
어느 순간 그는 혼자 날았다고 한다

無聲無臭

물고기 한 마리 눈으로 들어왔다

한 마리 크낙새

내 왼쪽 가슴속으로 파고들었다

눈 속에서 물고기가 파닥인다

가슴속에선 새가 날갯짓 한다

그러나 물고기 움직임도

새소리도 들리지 않았다 전혀

오래 전 다친 귀로 인해

조선족 동포

복지관 행사 때 잠깐 만난 아줌마가 휠체어를 구
해 달라고
전화를 걸어왔다

느닷없이 다급한 목소리로 휠체어를 구할 수 없겠
느냐고 물어온
그녀의 목소리는 생뚱맞게 들렸다

조심스럽게 무슨 일이냐고 물었다
자신이 잘 아는 사람의 아는 사람인 조선족 동포
가 공사장에서

빨간 벽돌을 지고 계단을 오르다 발을 헛디뎌 사
층 계단에서 삼층 쪽으로 냅다 굴렀다고 한다

병실 침상에서 의식을 찾고 보니 다리도 아닌 허
리가 부러졌다며

급히 수술을 했다고는 하지만 다시는 제 다리로
딛고 걸을 수 없단다

여자는 휠체어를 구하기 위해 휠체어를 타고 다니는
자기 주변 친구들 모두에게 전화를 걸었다고 한다

譫妄

몸을 잃어 버렸다 며칠 전 길을 걷다

肉體는 어디로 간 걸까

몸 찾아 길을 나섰다
길나선 몸까지도 몸을 잃었다

어디에 있는 걸까

오늘도 찾아 헤맸다
예금 통장의 비밀번호를 깜박 잊은 것도 아니고

몸을 잃었다니 어디서 잃어버린
몸뚱어리를 찾아야 하는 걸까

커피숍에 앉아 뜨거운 커피를 마시면서도
주위를 두리번거리며 찾았다

종점

인지손가락 손톱이 부러졌다
중지손가락 손톱도 부러졌다

엄지발가락 발톱이 부러졌다
새끼발가락 발톱도 부러졌다

두 개의 손가락 손톱과 발가락 발톱이 부러졌다

무료할 때면 그는 무언가를 부러뜨리는 생각을 한다

그래 그렇다 그는 그런 식으로
자신의 몸 어딘가를 자해하는 방법에 대해

온몸을 비틀면서 궁리한다
극악한 고통을 느끼기 위해

아니 삶의 종점이 어딘지 알기 위해

파랗고 노란 세모 모자를 쓴 할아비

길가에 쪼그려 앉은 채 흙장난 하는 아이
하이힐 신고 재게 걷는 여자

생선 리어카를 끌고 있는 어깨에 힘이 잔뜩 들어
간 할아비

그 모습들을 판화로 찍어내 유리창에 붙여놓고

몇 날 며칠을 집요하게 응시하다
작업실을 서성이다 눈이 시큰거리고 지루할 때면

눈이 없는 아이와 코가 없는 여자를 불러내고
한쪽 다리가 없는 아재와 귀가 없는 할아비를 불러내

파랗고 노란 세모 빨갛고 노란 네모 모자를 쓰게 한 뒤
점을 찍었다

찍을 때마다 점은 한 점 한 점 번지며 진진찰찰이랄까
점마다 새로운 세계를 만들어 내기에

개소문동 옆 웃음 극단

나는 당신이 좋아지게 될 것 같아요
그렇게 웃으면서 사람들을 만나면 어떨까

아니면 활력이 부족한 이를 위해
개소문구 옆 웃음동 사거리에다

친구들과 함께 웃자 극단을 차려 놓고
사람들에게 당분간은

연기가 미숙하다는 소리를 듣게 될지라도
어어 우우 팔과 다리를 제대로 움직이지는 못하지만

서툰 몸짓이라도 무대에 올려
남녀노소에게 보이면 어떨까

연기란 보는 이 생각만큼 본다고 생각하기에

무기력한 사내

발을 디딜 때마다
강남대로 앞에서 자동차 타이어 터지는 소리

팔을 뻗을 때마다 수많은 빌딩 위에서
남성연대 대표인 성재기 씨를 닮은 사람들이 날았다

눈을 치켜 뜰 때마다
거리의 맨홀 뚜껑을 차고 오물이 솟구쳐 올랐다

귀를 세울 때마다
경전철 공사로 인해 다이너마이트 터지는 소리

그것들을 모두 귀에 담으려고 하지 말자
교유하게 되면

빌딩의 옥상이나 한강 다리를 찾게 된다
몸을 던질 곳을 찾기 위해

저 녀석

다리를 내달라는 그의 말에
다리라니 뭔 다리를

그의 얼굴을 빤히 쳐다보다
부러진 내 왼쪽 다리가 아닌

겨드랑이로 짚고 다니는
알루미늄 크러치를 내놓으라는

당치 않은 말에

고물 리어카를 끌고 다니는
저 녀석 멀쩡한 다리를 부러뜨리고 싶은

그런 생각이 잠깐 들었다

섬뜩한 뭉크

에드바르크 뭉크를 떠올렸다
뭉크란 이름은 왠지 뭉클하게 다가선다

어떤 이유로 인해 그를 떠올리면 뭉클한 걸까

죽은 아이와 엄마라는 화집 속 그림을 찬찬히
들여다보다
귀를 막고 서 있던 그 아이는

내 모습이었으며 그의 생김새였던 걸까
뭉크는 그런 모습들을 화폭에 옮겨놓았다

그 붓질에서 살아난 그림들은
망치로 머리를 때리는 것 같다

뭉크가 진료소를 떠날 준비가 되었다고 느낀 뒤에
그린

코펜하겐에서의 자화상은 그의 불안한 감정을 잘
보여주고 있다
매우 지친 억눌린 표정을 통해

나는 나 자신의 오래 전 얼굴을 본다

도라지 고개

붉은 칠이 벗겨져 덜렁거리던

양철 지붕 앞에서

심중을 흔드는 바람은 이제 그만

추억이란 투망질에 걸려들어 버둥거리다

도라지꽃 지천으로 핀

마을 앞 샛길을 혼자 걷자니

다리를 심하게 절었던 친구가 생각난다

위안부 할머니

아소 다로로 인해

아! 아! 아베 아베
아소 아소가 쏟아내는 군국주의 망언에

할머니들은 속심이 아리다
아퍼 아프다고 소리치고 있다

한국인 모두 가슴에 새겨야만 한다
비통한 저 마음

꽃이 돼 진다 시뻙은 꽃잎 진다
군홧발 아래 밟힌 깊은 恨을 어이 할꼬!

언제 해결 되려나
풀릴 것 같지 않은 커다란 문제

일본과의 일전을…….

불안한 얼굴

매캐한 먼지와 소음 가득한
콘크리트 도심인 이곳은
수많은 사람들 우울한 눈빛들로 인해
얄망궂은 불안감에 빠져들게 한다

어드록 더 많은 땀을 비틀어 짜내야 하나
빌딩들이 빼곡하게 들어선
그 골목 어귀 피맛골쯤인 것 같았다
담장에 기대 노래를 부르던 술 취한 몇 몇은 야경
스럽고

하루에도 몇 번씩
각다분한 현실에 화들짝 놀라지만
그래도 살아야 한다는 각오로
다리가 부러진 한 마리 똥개가 혀를 빼물고 헐떡
이고 있다

무자비한 일상이라고 해도 삶을 내팽개칠 수는 없기에
나 역시 그 녀석과 다를 바 없다.

용산역에서

곰보빵과 함께
우유를 먹는 노숙자를 봤다

그가 손에 쥔
그것들을 빼앗아

반드시 먹겠다는
굶주림으로 인해

빵과 우유를
뺏겠다고 덤비는

눈이 퀭한
또 다른 노숙자를

용산역 대합실에서 봤다

울지 않는 아이

배가 고파도 밥 달라고 말할
부모가 없는

반 지하 사글세방에서 찜질방과 공원으로 내몰린

그러다 혼자 남아 벤치에서 잠을 자며
엄마 아빠를 기다리는

부모에게까지 버림을 받았다는
깊은 상처 때문에

눈물샘이 막혀 울지도 못하는

슬픈 눈빛으로 내 가슴을 강하게 찌르던

울 줄도 모르는 아이 정우

2부

C - 1 : 99
(적자인생)

오늘은 또 다른 대출로
기존 대출의 연체이자와 원금 일부를 상환했다

더욱 늘어난 빌린 돈과 이자는 어떻게 해야 하나
앞날이 몹시 불안하다

그러나 어려운 형편은 열심히 뛰어도 풀리지 않는다
뛰고 또 뛰어도 주머니 속에선 동전만 짤랑

은행나무가 서 있는 도로변 은행에 들러
다음 달에도 똑같은 행위를 반복해야만 한다

그래야만 이 땅에서 고개를 들고 살 수 있다
그러나 그만두고 싶다

희망이 보이지 않는 이 땅 위에서 숨 쉬기를

대출에는 한도가 있기에 물론 삶에도 한도는 있다

* C - 1 : 99 : 자본주의는(Capitalism) 1%와 나머지 99%라는 슬로건을
　　　　　　내세운 월가 점령운동에서 나온 말로 계층 간 심각한
　　　　　　소득 불균형을 일컬음

C - 1 : 99
(백화점)

방귀만 뀌어도
돈이 드는 세상살이에

돈 쓰면 죽는다는
그 말은 안중에도 없이

수입이 없는 상태에서도
신용카드로 미래의 재화를 당겨쓰며

돈 쓰는 행위를 멈추지 못하는

백화점 여성복 코너에서
과소비에 중독된 여자를 봤다

C - 1 : 99
(기부금)

중소기업은 대기업에게 끝없이 벗겨지고 있다
부자가 서민들 등껍질을 벗기듯

그들은 자신들이 한 일에 대해 뒤가 구릴 때면
면피용으로
약간의 나눔을 실현하며

사회적인 분위기 때문에 억지로 미안하다고 말한다
그러나 그들은 부끄러움을 전혀 모르는 집단

그들 깝대기를 역으로 벗긴다면
최종적으로 남는 게 무엇일지 확인하고 싶다

어떤 행동이 죄송한 일인지 알지도 못하는
주어진 힘을 억제하지 못하는 대기업 총수님들에 대해

물론 그런 기업들에게
협찬이라는 미명으로 돈을 뜯어내는

시민은 보이지 않는
무늬만 시민 단체인 유령 NGO들도 있다

C - 1 : 99
(대기업)

이 도심 가장 번화한 곳에서
모든 이권을 집어 삼키기 위해

노동자들 권리를

무한궤도로 깔아뭉개서라도
그들을 넘어서기 위해

대기업들은 노조를 발아래 두었다

그러나 그런 행태를 참을 수 없어
골리앗 크레인 위에 올라가

거세게 항의를 하는 이도 있다
물론 양쪽 다 불법행위다

함께 살아갈 방법을 찾을 수는 없는 걸까

C - 1 : 99
(FTA)

사십년 땅을 갈고 씨를 뿌린 삽과 곡괭이와 호미
헛간에 던져둔 농기구들을

고향집으로 돌아가
또다시 잡을 일은 없으리

새로운 일과 싸우며 농사를 접었다
가장 비경제적인

농투성이란 말을 지운 뒤 이제라도 경제적으로 살자
가능할지 모르겠지만 변화하는 세상에서는

끝없이 좌우로 한눈을 팔아야 한다

이젠 한두 마리씩 외양간에서 키우던
소를 키울 일도 없을 것 같다

미국 땅에서 풀을 뜯고 자란 Black Angus로 인해

C - 1 : 99
(어얼리 어댑터)

한 달 동안만 기한을 두고 집중적으로
일백 퍼센트 할인 해

스마트폰을 준다는 소리에

주머니 속 헌 휴대폰을 만지작거리다
신형 전화기를 손에 쥔

공짜라고 하지만
결코 공짜일 수 없는 상술을

그는 모르는 건가 알고도 모르는 척 하는 걸까

어떤 식으로든 대가를 치러야만 하는
껄끄러운 현실을 피하기만 하려는 그에게

공짜 치즈는 쥐덫에만 있다는
말을 할 수밖에 없다

C - 1 : 99
(빌빌족)

삼류와 샴푸란 말은 어감이 묘합니다.
샴푸를 풀면 거품을 보게 됩니다

거품을 걷어낸 뒤
이제 중심으로 치고 들어가려 합니다

도심 주변을 맴도는 행위를 끝낸 뒤

중심으로 들어가 그곳을 흔들어
변두리도 중심이 될 수 있음을

샴푸 거품을 걷어낸 뒤

언저리로 떠돈 너절한 일상을 마감하려고 합니다.
 반드시 취업을 해 빌빌족 생활을 끝내기로 결심을
굳혔습니다.

 작심삼일로 끝나게 될지 알 수 없긴 합니다.

* 빌빌족: 인터넷에서 쓰이는 신조어로 취직을 못해 빌빌거리며
        제 구실을 못하는 사람을 말함

C - 1 : 99
(삼초땡)

담장을 타고 넘는
길고양이 한 마리를 본 뒤에

홍그리워진 마음으로 집을 향해 발길을 재촉했다

고양이도 저렇게 생선뼈를 입에 물고
담장을 넘고 있다

그래 나도 치킨 두 마리 손에 들고 있다

하루 품삯과 함께
나는 삼십대 초반에 명예 퇴직한 삼초땡이다.

* 삼초땡: 인터넷에서 쓰이는 신조어로 삼십대 초반에 명예퇴직한
　　　　 사람을 말함

C - 1 : 99
(행정인턴)

그들에겐 내가 투명인간으로 보이는 걸까
사람을 앞에 놓고 무시하는

갖은 행태를 바라보며
오랜 시간을 사무실에서 함께 하다 보니

내 깜냥으로는 직장상사인 그들을
감당해낼 수 없었기에

그들이 벌여놓은 자리에선
나는 없는 사람이라고 스스로 생각했다

누가 그 누군가가 손가락질과 턱짓으로
나를 가리킨다고 해도 관계없다

이미 오래 전 나는
그들 앞에선 보이지 않는 사람이므로

가끔은 고함이라도 지르고 싶다
나는 언제쯤 내가 원하는 일자리를 얻게 될까

* 행정인턴 : 인터넷에서 쓰이는 신조어로 제대로 된 직업을 못 갖는
　　　　　사람을 말함

C - 1 : 99
(장미족)

끊임없이 먹고 또 먹어야만
밀어낼 수 있는

그것들을 끝없이 몸 밖으로 내보내기 위해선
끼니를 거르지 않고 먹어야만 한다

오줌과 똥을 배출하기 위해 힘을 쓰다보면
슬며시 짜증이 밀려든다

그는 똥과 오줌을 배설하기 위해
여러 종류 음식물들을

앞으로도 먹게 될 것이다 밀어내기 한판을 위해
아니 먹는 걸 즐기는 것 외엔 할 일이 없는

오랜 시간 취업을 하지 못한
그는 주변 사람들에게 뚱뚱한 장미족으로 불린다

가끔은 우아한 백조라고
스스로를 칭하기도 하지만

* 장미족 : 인터넷에서 쓰이는 신조어로 장기간 취업하지 못하고 있는
  사람을 말함

C - 1 : 99

(오륙도)

이빨이 드러나지 않는 남자와 여자

경쟁에서 살아남은 사람들은
입을 벌려도 이빨이 보이지 않는다

이빨을 깊숙이 감추어야만 생존이 가능하다
만면에 웃음기를 띤

끝까지 살아남은 이들은
매우 아름답게 보인다

그렇지만 나이 오십에서 육십이 넘도록
회사를 다니고 있는 그와 그녀를

이 사회에서는 오륙도라고 부른다.
다른 말로는 도둑이라고도 한다

* 오륙도 : 인터넷에서 쓰이는 신조어로 50세에서 60세까지 회사에
   다니게 되면 도둑놈이라 일컫는 말

C - 1 : 99
(동태족)

그는 이빨의 순기능인 음식물 씹어 삼키기보다
주변에서 그를 지켜본 사람들을 씹는데 능하다

그런 이유로 그는
그가 씹은 사람들에게 되씹혔다

그를 만난 사람들은 그를 모두 씹었다

그들이 그에게 씹힌 것 이상으로
그 옆에 있었던 이들은

서른두 개 이빨을 다 드러낸 채 그를 씹고 있다

그는 지금도 그들을 씹고 있지만
그에게 씹힌 모든 이들도 힘 모아

반드시 그를 짓씹겠다며 벼르고 있다

거친 이빨로 주변 사람을 맷돌처럼 갈아 댔던
그는 결국엔 씹혀서 찢겼다

말은 사람들을 죽이기도 한다
한겨울에 직장에서 내쫓긴 그는 동태족이다.

* 동태족 : 인터넷에서 쓰이는 신조어로 한겨울에 직장에서 명퇴를
          당한 사람을 말함

C - 1 : 99
(황태)

예술이 오로지 예술이면
예술이 아니다

예술에서 어찌 돈을 빼고
예술을 말할 수 있을까

사업가는 예술만을 이야기 하고
예술가는 돈벌이만 이야기 한다

돈은 가장 오랜 친구다

회장님 지시사항인 금연을
따르지 않았다는 이유로

평생을 바친 회사에서
버림을 받아야 했던

그에게도 돈은 그렇다

* 황태 : 얼토당토않은 이유로 회사에서 내쫓긴 이를 말하는
　　　　 인터넷에서 쓰이는 신조어

C - 1 : 99
(강의 노마드족)

머릿속 생각은 내겐 사치다
복잡한 관념들을 던져놓고

바퀴벌레가 돼
땅바닥을 기어도 좋다

회사에 다닐 수만 있다면

수치를 모르는
부끄러운 사람이라고 해도 좋다

취직을 위해
취업용 자기계발 강의만을 쫓아다니는

나는 강의 노마드족이다.

* 강의 노마드족 : 인터넷상에서 쓰이는 신조어로 취업을 위한 강의만을
듣기 위해 쫓아다니는 사람을 말함

C - 1 : 99
(생태)

나는 아침이면 출근을 한다
따뜻한 온기 도는 간과 쓸개를 배에서 꺼내 서랍
속에 넣고

비굴한 웃음으로 거짓을 제조하는
거짓말 공장에서 부장님과 이사님 비위를 찰지게
맞추며

잘 먹고 잘 사는 방법에 대해
나만 잘 먹고 잘 사는 방법을 배우기 위해 애쓰고 있다

비급만 터득한다면 세상에 대고
이 사회가 휘청거리도록 한 방 크게 먹일 수 있을 터

원대한 꿈을 품고 아침이면 출근을 한다
오직 이익만이 목표인 회사를 향해

사주의 큰 이익에 나 자신의 사익을
도모하기 위해 부단히 노력하고 있다

내가 꺼내 놓은 간과 쓸개의 온기에 기대어
백일 된 젖먹이 딸이 새근새근 잠들어 있다

회사의 퇴직 압박에도 불구하고
굳세게 자리를 지킬 수밖에 없는 나는 생태다

* 생태 : 인터넷에서 쓰이는 신조어로 회사의 퇴직 압박에도 굴복하지
   않고 끝까지 버티는 사람

C - 1 : 99
(대5족)

직장을 구하지 못해
졸업을 미룬

대학 오학년인 그는

경제 위기로 인해
살을 맞은 노루처럼

피를 흘리며 비틀거리고 있다
현실이란 덫에 걸려

* 대오족 : 인터넷에서 쓰이는 신조어로 취업을 못해 졸업을 미루는
　　　　대학 오학년을 일컫는 말

C - 1 : 99
(삼팔선)

그는 고기를 즐겨 먹지 않는다
그 어떤 고기도 혼자서는 먹지 않아
가족들은 그를 채식주의자라고 한다

그러나 정작 본인은 그렇다고 생각하지 않는다

친구들과 어울려 혹은 직장 동료들과 함께할 때는
큰 거부감 없이 식당에서 소고기와 돼지고기를 먹었고
사람은 나이와 관계없이
음식을 골고루 먹어야만 한다고 생각하기에

어제도 그는 직장 동료들과 함께
숯불에 구운 돼지 갈비를 뜯었다

올해 삼십팔 세인 그는 직장에서 퇴출대상인 삼팔
선에 올라 있다
사십도 안 된 창창한 나이에

그런 까닭에 이제부터라도 체질량지수가 급격히
떨어질 날을 대비해
눈앞의 고기를 한 점이라도 더 먹어두는 게 좋을 것 같다

* 삼팔선 : 인터넷에서 쓰이는 신조어로 38세가 돼 회사에서 퇴출대상에
　　　　 오른 사람을 말함

C - 1 : 99
(메뚜기인턴)

답답해 말고 불안해하지도 말자
의외로 답은 단순한 곳에 있다

길 위에서 만나게 된 끊어진 길이라고 해도
낙담하지 말고 그 길을 걸어 나가면 된다

그러다보면 취업의 길은 열리게 돼 있다
걱정을 미리 당겨서 하지 말자

길이 없다고 하면 새롭게 길을 내서라도
앞을 향해 나가면 된다

이 회사 저 회사를 옮겨 다니는
메뚜기인턴 신세라고 해도

젊어 겪는 경험이라 생각하고 실망하지 말자
겨울이 빨리 지나갔으면 좋겠다

* **메뚜기인턴** : 인터넷에서 쓰이는 신조어로 취업이 안 돼 이 회사
　　　　　　　 저 회사를 인턴으로만 옮겨 다니는 사람을 말함

C - 1 : 99
(삼일절)

면접관 가랑이 아래로 지렁이처럼
벌벌 기어서라도

최종면접을 통과해
어엿한 직장을 구할 수만 있다면

지금 이 순간
영혼이라도 팔 수 있을 것 같다

이 사회에서 서른한 살까지
취업을 못하면 끝장이라는 소리를 듣는

나는 올해 삼일절이다

* **삼일절** : 인터넷상에서 쓰이는 신조어로 서른한 살 나이에도 취업을
하지 못하면 끝장이라는 말

C - 1 : 99
(이구백)

가게 앞 평상에서 술을 마시다
문짝을 연거푸 발로 걷어찬

이십대 중 후반인 그들을

법보다는 매가 약이란 생각으로
빗자루로 어깨와 등짝을 마구 후려쳐볼까

몸에 쓴 것이 약이란 말을 뱉어내며
인정을 두지 말까

빗자루가 부러질 때까지

인내력을 바닥나게 한
녀석들을 향해 매를 들어야만 할까

아니다 이구백인 젊은이들에게 매타작이라니
오늘도 참아야만 했다

* 이구백 : 인터넷상에서 쓰이는 신조어로 20대 90%는 직업을 갖지
　　　　못한 백수라는 뜻

C - 1 : 99
(찜질방)

찜질방 구석에 앉아
수다와 짓고땡으로 시간을 보내는

여자들의 군용 담요를
확 뒤집어엎고 싶다

이제 그만 가족이 기다리는
집으로 돌아가라고

저마다 주어진 인생이란 시간을
야릇하고 잡스러운 행태로 허비하는

그녀들에게 경고장을 보내고 싶다
돌아갈 가정은 있는 걸까

C - 1 : 99

(Working Poor)

아침부터 푹푹 찌는
삼복더위를 식히는 빗줄기

피할 생각도 없는 건가

비가 억수로 쏟아져 내리는데
그 누구도 거들떠보지 않는

수박과 참외를 다리 아래에서 외치는
사십 중반의 남자

중복에 삼계탕 한 그릇도 먹지 못한 듯

기운 없는 쉰 목소리로
어느 한 곳 찾아갈 데 없어 보이는

오랜 시간 동안 발버둥쳤음에도
가난의 고통에서 벗어날 것 같지 않은 그

* Working Poor : 아무리 열심히 일을 해도 가난에서 벗어날 수 없는
사람들을 일컫는 말

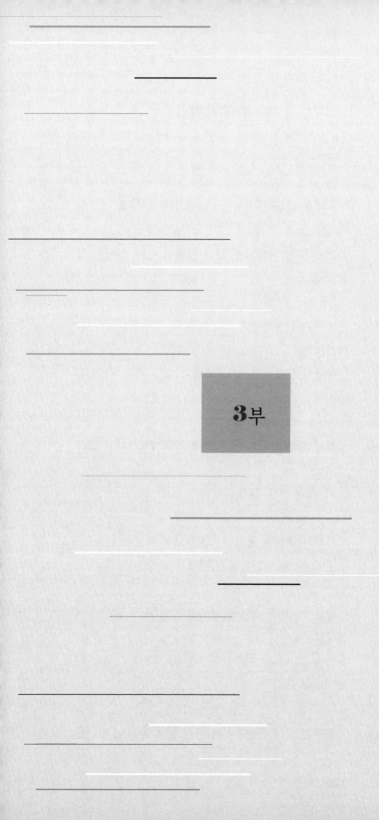

3부

無緣社會 1

휴게소 건물 뒤에서 오래 전 가족 영화를 찍었던 이 감독은
건물 뒤쪽 하나밖에 없던 관리인 방에 임시로 살고 있었던

노부부가 생각났다 무릎을 꿇고 아내에게 옷을 갈아 입히던
욕망이 없는 상태랄까 욕심을 모두 비운 뒤 밥을 떠먹이던

치매 걸린 아내와 남은 인생을 함께하겠다던 그가 생각났다
이 곳 저 곳을 옮겨 다니며

카메라 앵글을 돌리다보면 만나게 되는 노인들은
빛이 안 드는 동굴 속 침대에 누워 있는 것 같다

잠을 자다 잠 속에서 공포에 질려 깨어 일어나 앉게 된다는
그는 그 아내와 함께 난민수용소 같은 그곳을 나가겠다고 했다

부부는 그곳 문손잡이에 끈을 묶어 목을 건 뒤

어느 날 쪽방을 떠났다

포로수용소를 탈출한 패잔병처럼

無緣社會 2

근본 없는 꽃으로 이 땅에 피어나

흙 위에 뿌리를 내리지도 못한 채

뽑혀져야 하는지 솎아내기로 했다면

씨를 뿌리기는 왜 뿌려놓은 걸까

꽃병에 꽂힌 본바탕이 없는 꽃
근원이 없어 꽃병에서 뽑혀 버려진

왜 낳으신 건가요
제 어머니는 누구신지요

無緣社會 3

봉두난발인 여자 왼손과 오른손에
시퍼렇게 날이 선 두 개의 칼을 손에 쥔

그 여자 얼굴은 씻지 않아도 들고 다니는 칼만큼은
공원 식수대에서 땡볕에 번뜩이도록

쉼 없이 갈아대던 몇 날 며칠을
벤치 뒤 후미진 곳에 웅크리고 있던

각기 다른 크기의 식칼과 과도를
손에 꽉 쥔 채 그 누군가를 기다리던

그녀 가슴에 시퍼런 칼을 품게 한
누가 그 여자 등짝에 날 선 칼을 팍 꽂은 건지
그 여인 거친 손에 칼을 쥐게 한

가슴속 깊은 곳에 칼을 품고
그녀가 혼잣말로 부르던 사내는 올 것인가

맨발로 칼을 들고 여자가 종일토록 기다리는
그는 언제 오려나

피에 굶주린 칼은 배가 고프다

無緣社會 4

하루 세 끼니 요즘은 누구나 그렇게 먹고 있다
그러나 대다수에게 주어진 것처럼 보이는 즐거운
식사시간이

그에게는 박탈되어 있고 잠깐 쉴 수 있는 휴식시
간도 없다
직업엔 급이 있다고 앉고 싶을 때나 서고 싶을 때

잠시 서거나 앉을 수 있는 여유 그것이 등급일 수
도 있겠다는
그런 생각을 한 적은 있지만

하루 세 끼니 식사 때 밥 먹을 시간이 주어져 있지 않아
선 자세로 아주 급하게 주인 눈치 보면서 밥을 먹
어야만 하는

그런 사람들이 이 사회에 아직도 많다는 생각은
못했다
종일토록 한 자리에서 일을 해야만 하는 시장골목
좌판이 직장인

그들에게 앉고 싶을 때나 서고 싶을 때 서거나 앉
을 수 있는

십 분간 휴식과 그 짧은 여유를 이 사회는 아직도
주지 못한 건가

채석장에서 정을 들고 하루 종일 돌을 깨는 인도의
어린이가 생각났다
그 아이 처지와 별반 다를 게 없는

사내는 최소한의 휴식 시간까지도 스스로 포기한 건가
싸다고 싼 물건 있다고 목이 쉬도록 외치는 이를
시장골목 어귀에서 봤다

無緣社會 5

사과를 살짝 베어 물고 배를 씹으며
포도를 깨물고 자두를 씹으면서 살았습니다

언덕 위 외딴 과수원에서

그녀 앞에 다가선 모진 운명에
삶을 앙다물고 살았다고 여자는 말했습니다.

사과와 배 포도와 자두를 물어뜯으며 살아낸
깨물 수 있는 것 옥깨물어 깨뜨리기 위해

인생을 그렇습니다, 그녀는 제 스스로의
삶까지도 깨물다 또다시 힘을 주어 꽉 물었습니다.

송곳니가 깨지고 어금니가 으스러지고
앞니가 부러지도록 제 삶이 으깨지는 걸 감내하면서

남편을 잃은 뒤 자식을 앞세우고도 살았습니다.

신산함에 쓰라림이 더해진 극한 고초를 밀어내지 않고
고통을 받아들이며 그녀는 과수원에서 물러나지 않고
살고 있습니다, 살아냈습니다 이제 그녀 나이 구십
입니다

물론 이빨은 남은 게 몇 개 안 됩니다.

無緣社會 6

노인 옆 긴 의자에 앉아 있는 개를 바라봤다
개는 꼬리를 살랑살랑 치면서 주인을 향해 웃고
있었다

늙은이의 기색을 살펴보다 옆에 있는 개도 뜯어보았다
노옹과 닮은꼴인 얼굴 피부 전체가 축 늘어진

주인이 개를 닮은 걸까 개가 주인을 닮은 건지
아무튼 늙은 개와 노인을 봤다

은박지에 싼 으깬 감자를 접시에 올려놓고 먹고 있는

의자에 앉은 노인이 감자를 먹고 있는 건지
늙은 개가 감자를 먹는 걸까 그 둘은 함께 먹고 있다

노인과 개를 바라보다
삽살개를 천천히 쓰다듬으며 힘겹게 웃는 그와 시
선이 마주쳤다

감자를 개에게 먹이는 이는 암캐를 향해 추파를
보내는 걸까
개와 노인을 지켜보았던 그 순간 둘은 오래된 연
인처럼 보였다

먼 과거가 돼버린 젊은 시절로 되돌아가
아니 미래로 여행을 떠나려고 하는 여행객처럼 길
을 나서려는 건가

개 같은 늙은이와 늙은이 닮은 개

無緣社會 7

실내는 검박해 보였지만 왠지 고급스런 분위기가
느껴지는 곳이다
그곳의 손님들은 서로 간에 거리를 둔 채 커피를
마시고 있다

한 공간에서 차를 마신다는 건 공동의 고립감이랄까
혼자인 여자와 남자가 느끼는 외로움을 덜어주는
것 같다

중심에 서 있는 것이 아닌 주변부를 떠도는 사람
들과 섞이게 되면
쓸쓸함이 희석되는 듯해 외롭다고 느낄 때면

그는 카페를 찾곤 했다 은은한 커피 향이 코를 찌
르는 실내에는
남녀 몇몇이 소파에 거리를 두고서 앉아 있다

사내는 그 자리에서 과월호 잡지를 보고 있다
눈에 익은 목련 꽃 벽지와 액자 속 사진을 바라보
기도 하면서

그곳에서 가족적인 분위기를 느껴보려고 애썼다
부모에게 배반당해 밖으로 내쳐진 뒤

제 집보다도 편하다는 느낌으로 고시텔에 묵으며

24시간 편의점과 찜질방을 자주 찾았던
삼십 대 중반쯤 돼 보이는 남자는 혼자 살고 있다

오래 전 밀림에 살았던 아마조네스는 수태만을 위
해 수컷을 취한 뒤 버렸다
긴 머리에 립스틱 짙게 칠한 뾰족구두 여자는

그가 앉아 있는 카페 창 옆으로 허리를 쭉 편 채로
당당하게 걸어간다.
레인보우 모텔을 향해

그녀는 사내를 개구리처럼 태질한 여전사로 보였다

無緣社會 8

그늘진 다리 안쪽에 두 다리 쭉 뻗고 앉아 있던
다리 밑에 그는 없다 그는 물살에 휩쓸려간 걸까

어둑한 곳에 혼자 앉아 아이스크림을 빨아 대던
흐르는 물길을 따라 그는 삶을 끝낸 것인가

그렇다 어느 여름 장맛비 세차게 쏟아지는 날
음습한 다리 밑에서 노숙자는 위로 올라오지 않았다

다리 밑 늙은이가 앉았던 곳은 침울했다
그런 느낌이다 장마가 끝난 뒤 바라본 괴괴한 곳

1.5평짜리 쪽방에서 쫓겨나온 지 삼 개월
피시방을 들락거리다 그마저도 여의치 않아

다리 밑에 몸을 눕힌 보름 만이었다.
.

無緣社會 9

가난으로 인해
그는 혼자 지낼 수밖에 없다

앞으로도 그럴 것이다
옆집에서 사람이 죽어도 모르는

그런 시간을 살아가게 될 것이다

외로움이 북받쳐 견딜 수 없는 삶을

이 사회에서 맺었던 인연
모두 끊어진 채

살아가게 될
당뇨병 환자 노씨

無緣社會 10

바람 빠지는 타이어 같았던 소리
그 목소리를 기억하고 있지 못했다면

알아듣지 못했을 아니 외면하고 말았을
치치 치이익 바람이 새는 것 같은 목청으로 문을
두드리며 부르던

누굴까 이 밤 문 앞에 서 있는 이
그 육성을 기억하고 있었음에 이내 문을 열었다

백화점에 들렀다가 아님 집에서 텔레비전을 보다가도
무엇이든 눈에 띄는 건
마구잡이 쇼핑을 해야만 직성이 풀리는

여자에게 문을 열어주었다 토요일 밤 늦은 시간에
불쑥 찾아온
쇼핑 중독으로 인해 가계를 파산 시킨 뒤

십년 전 어느 날 말없이 집을 나간 그녀는 아이들
엄마다
집안에 거친 해일을 일으킨 뒤 사라진

분노와 스트레스를 자신의 책임이라고는 전혀

생각하지 않는
　중독된 사람은 외로운 법이다

　그녀는 언제쯤이나 욕망으로부터 자유로워질 수
있을 건가
　스스로 일으킨 지진해일로 인해 인생 막장으로 떠
밀려난 사람

無緣社會 11

코끝을 들이대면 역하게 콧구멍을 찔러대는 시너나
혓바닥을 유혹하며 당겨대는 매화주는

뚜껑을 닫아놓지 않으면 어느 순간 증발되긴 매한
가지
시너통 번쩍 들어 머리부터 발끝까지 내리 부은 뒤

성냥을 댕겨 타오르는 불길로 몸을 감싼다면 어떨까
아님 매화주 열두 병을 앞에 놓고 밤새도록 마신
다면

그런저런 생각 끝에는 덮개가 벗겨져 살짝 맛이 간
비루한 사내의 비겁함이 있다

뚜껑이 열린 매화주처럼 일 년 열두 달 삼백 육십
오일

흐린 술 맑은 술 가리지 않고 마구 퍼 마시던 그는
갔다
병뚜껑을 닫지 않아 어느 순간 증발된 매화주처럼

도심 변두리 단독주택 지하실 한구석에서 부패가
시작된

열흘 하고도 닷새가 지난 뒤에야

그의 시신은 이웃에게 발견되었다

無緣社會 12

그에겐 지루한 시간만 있다
사십대 중반 젊다면 아직 젊은 나이인

그는 세월을 으깨는 것이 일이다 시간을 죽이며

길거리와 역사 옆 후미진 곳에서 먹고 싸며 자게 된

그에겐 찾아갈 친구와 형제 그 옆엔 아무도 없다
그가 몸에 지닌 건 시간이다

느리게 흘러가는 무료함만 남아
입이 찢어지도록 하품을 해대며 더딘 시간을 뭉개는

그에게도 일이 있다
가슴과 겨드랑이와 사타구니를 가렵게 만드는
이를 잡는 일

길가 공원 벤치에 앉아
재떨이 통을 뒤져 꽁초를 주워 피운 뒤

왼쪽 엄지손톱과 오른쪽 엄지손톱을 모아 톡 톡
그는 이를 죽이고 있다
그러다 점심밥을 먹기 위해 무료급식 차 앞에서

길게 줄을 서 기다리는

온통 시간뿐인 남아도는 게 시간인
그에겐 그런 과정이 중요한 일이다

돌보거나 돌봐줄 이 아무도 없으므로

無緣社會 13

잘 찾아보도록 하자 낯짝이 두꺼운 그 녀석
온 마을 구석구석을 뒤져서라도 놈을 찾아내자

얼굴이 검고 곱슬머리인 그는 이곳이 고향이 아닌
어디에서 굴러들어온 것인지 알 수 없는 타관바치

우리와 마주치게 되면 으슥한 곳으로 몸을 재게 피하던
마을에 얼마 전 그가 들어왔다는 소리를 들었지만

어느 구석에 숨어있는 건지 찾을 수가 없다
조심해야 한다, 숨어 있는 녀석이 어디선가 튀어 나와

우리 모두에게 해를 입힐지 알 수 없다
그렇게 판단한 이곳 사람들 선입관은 전혀 잘못된
생각이었다

아프리카 나이지리아에서 법대를 졸업한 엘리트인
그 남자는 몇 달 전 가구 공장에 취업한 성실한 사내다

無緣社會 14

사내아이는 그녀 몸에서 나왔다 계집아이도 오 분
뒤 나왔다
그 둘은 매우 심한 진통 끝에 여자의 몸에서 나왔다

그렇지만 사내아이와 계집애는 따로 찢어져 살았다
한날한시에 한 몸에서 나온 둘이었지만

쌍둥이는 함께 살 수 없었다 아기들이 세상에 나오
자마자

사생아를 낳은 어미는 출산 후유증으로 세상을 떴고
남매는 각기 다른 고아원에서 성장했다

병원진료 기록을 통해 출산을 알았던 아비가
수십 년 뒤 아이들을 찾기 전까진 서로를 알 수 없었던

어렵게 만난 남매는 아비에게 들었다
용서해라 애들아 아니에요 괜찮아요

저희들에겐 이제라도 아빠가 계시잖아요
따로 떨어져 살았지만

두 아이는 식성과 성격 잡다한 취향까지

죽은 어미를 너무도 닮아 있었다.

無緣社會 15

일 톤 포터 트럭 창에 펼쳐 둔 파랑양말
신발도 말렸다 짐칸에 널어 두었던 쑥색 운동화

이층과 삼층을 오르내리며 물건을 배달하다 젖은
땀이 흠뻑 밴 양말과 신발

바짝 말려 신고서 운전석에 오른 뒤 다시 일을 나섰다
오늘은 영등포 청과물시장에 들러

트럭 짐칸에 싱싱한 호박과 오이를 가득 싣고
여름 햇살에 달궈진 도로를 달렸다 바람 한 점 없는

도로 위 길가엔 사람들이 뜸하다
고물 트럭은 부지런히 골목길을 누빈다.

　하루 벌어 하루를 살아내야 하는 그에겐 쉬는 날이
없기에

장애 개념의 확장

고정욱(소설가, 아동문학가)

이 글은 2014년 가을 고정욱이 진행하는 kbs 3라디오 〈내일은 푸른 하늘〉 프로그램의 〈문화수다방〉에서 방송된 내용이다.

이제 가을이 다가오고 있습니다. 가을하면 무슨 계절입니까? 놀러가는 계절, 맛있는 음식 먹는 계절, 뭐 다양하게 생각할 수 있습니다만. 저는 가을하면 문학의 계절이라고 생각합니다. 중고등학교 때 문학의 밤 행사가 대개 가을에 열립니다. 여고생들이 학교에 와서 시 낭송, 수필낭송, 이런 거 할 때 가슴 설레었던 추억을 나이가 좀 드신 분들은 다 한 두 개씩 갖고 계시리라 믿습니다. 그때 꼭 등장하는 게 시낭송이죠.

시라는 장르는 원초적인 예술 장르입니다. 인간이 언어와 사유에 가장 근원적인 형태가 시라고 이야기합니다. 그래서 시는 여전히 우리들에게 심금을 울리는 마음의 고향인데, 실제로 우리 현실 사회에서 시는 참 힘들고 어려운 장르죠.

시인은 가난하다든가, 시는 먹고사는 데 도움이 안 된다든가…….

오늘은 시인 가운데 특히 장애를 많이 다룬 시인이 있어요. 대개 우리 장애인들이 시를 많이 씁니다.

장애인 작가들은 대부분 시인들이어서 산문 쓰는 사람은 일부인 경우를 많이 보는데, 그 이유가 장애인들은 아무래도 활동에 제약이 있고 이동이나 접근성이 떨어지다 보니까 경험이 약해서 감성, 직관, 이런 것들을 이용할 수 있는 시에 손쉽게 다가가지 않을까 생각을 합니다.

강만수 시인은 기성문단의 비장애인 시인이구요. 우리 시단에서 굉장히 주목받고 있는, 최근에 엄청나게 많은 시작들을 쏟아내고 있는 중견 시인입니다. 그래서 한 해를 정리하는 올해의 좋은 시 100편, 200편, 이런 식으로 묶을 때 꼭 시인의 시가 한 편씩 들어갑니다. 그리고 항상 보다 나은 시 세계를 향해서 노력하고 도전하는 자세를 가진 올곧은 시인입니다. 저하고도 개인적으로도 친분이 있는데, 이 시인이 장애에 대한 관심이 굉장히 많습니다.

제가 볼 때 우리 문단에서 장애에 관한 시를 가장 많이 쓴 시인이 아닐까 생각이 듭니다. 그래서 제가 장애에 관한 시들을 좀 추려 봤습니다. 오늘은 강만수 시인 특집으로 장애에 대해서 어떻게 노래했는가를 살필 겁니다.

다시 말하면 이 땅의 비장애인들이 장애인을 애정

과 사랑을 가지고 바라본다면 이러한 노래들을 부를
수 있겠다는 생각에서 시 몇 편을 소개하면서 그의
시세계를 함께 논해볼까 합니다.

　제가 뭐 시를 잘 낭송하지는 못합니다만 한번
감상을 해보시기 바랍니다.

강릉아재

먼지 낀 채로 녹이 슨 시장 앞 거치대에
오랜 시간 방치된 리어카들을 봤다

누가 놓고 간 걸까
그 누구도 거들떠보지 않는 그것들을 바
라보다

질척거리던 어시장 골목길에서
손수레를 끌고 다녔던 아재의 기억을 되
살려

바람 빠져 주저앉은 헌 바퀴를
새 바퀴로 갈아 끼운 뒤 바퀴를 굴리고 싶
었다

짐을 가득 싣고 땀을 뻘뻘 흘리며
사과밭 뒤 언덕을 오르고

속초항에서 거친 어부들 사이 해맑게 웃는
다른 이들과는 너무도 달랐던

월남전에서 왼팔이 떨어져 나간
상이용사인 그가 떠올랐다

그는 수레와 같은 사람이었기에

강릉아재가 여기서는 장애인입니다. 그런데 월남
전이 옛날이야기죠. 우리가 월남에 군인들이 가서
참전했던 게 우리 역사에 남아 있습니다. 저희 아버
지도 개인적으로는 월남에 참전하셨던 분이세요. 그
래서 이 시가 좀 더 각별하게 느껴지는데, 이 장면이
제가 참 좋았던 것은 이 상이용사인 강릉아재는 왼
팔이 하나 없는데도 항상 뭐라고 얘기 했느냐. 속초
항에서 거친 어부들 사이에 해맑게 웃는……. 해맑
게 웃을 수 있다는 건 쉬운 경지가 아닙니다. 그리고
여기서 저는 거친 어부들 사이라는 환경에 주목합니
다. 다시 얘기하면 이때 이미 장애, 비장애 통합이
되고 있었던 거죠. 강릉아재는 어부들 사이에 자연
스럽게 녹아들어 있는 겁니다.

강릉아재는 손수레 같은 사람이었다. 이건 무슨 뜻이냐. 손수레가 뭡니까? 무슨 물건을 담아서 이동시켜주고 운반해주는 역할을 하죠. 그래서 이 강릉아재가 손수레 같다는 의미는 그는 비록 장애가 있지만, 주변 사람에게 도움을 주고 나눔을 실천하는 사람이라는 의미로 해석할 수 있는 거죠.

그리고 그 손수레를 끌고 다니면서 무언가 일을 하고 있습니다. 장애인에게 일이라는 것은 굉장히 중요한 삶의 지표죠. 장애인에게 일거리가 있으면 그 장애인은 사회에 통합이 될 수 있습니다. 자기의 능력이 개발될 수 있습니다. 그렇기 때문에 저는 직업이 정말 소중하다고 여기는데, 이 강릉아재는 이미 직업을 가지고 있어요. 물론 번듯하고 좋은 직업은 아니지만 자기가 할 수 있는 한 팔로 손수레를 끌고 다니면서 심부름을 해주고 짐을 잔뜩 싣고 땀을 뻘뻘 흘리면서 일을 합니다. 노동의 소중함을 알고 있는 것이죠. 그래서 다른 장애인들의 시가 감성이나 낭만을 그리고 있다면 이 시 강릉아재에서 시인은 건강한 장애인의 삶을 노래하고 있습니다. 월남전에서 장애를 입었지만 그것이 그 사람의 삶까지 흔들지 못하는 것. 이걸 읽은 우리 장애인들은 상당히 용기를 얻을 수 있는 내용입니다. 그래, 빛나고 화려한 존재는 아니어도 손수레처럼 누군가 남을 도울 수 있다면 장애가 있음이 그다지 큰 문제가 되지 않는다. 이러한 주제를 시인은 이 시를 통해서 우리에게 제시하고 있습니다. 다시 말해서 우리 삶에서의 역경이나 고난은 내 삶을 바꾸거나 흔들 수 없다. 이런 강인한 자아의 모습이 강릉아재에게서 드러나고 있는 것 같아서 건강하고 활력 넘치는 시라고 느껴집니다. 장애를 그렸지만 전혀 장애란 소재가 우울하거나 외롭지 않은 시인 것이죠.

또 다른 시를 하나 낭송을 해보겠습니다.

개그맨

웃긴다 그는 사람들을 웃길 줄 안다
울린다 그는 사람들을 울릴 줄 안다

그는 아무것도 아니다 그는 아무것도 아니기 위해

애쓴다, 애쓰고 있다 그러다 어느 사이
그는 구경거리가 되었다

그 순간 그는 이 시대 최고의 개그맨이 되었다
능수능란하게 사람들을 웃고 울리는 연예인으로

전성기를 구가하던 어느 날

깜박 잊고 먹지 못한 혈압 약으로 인해
갑자기 무대 위에서 쓰러진 뒤

사내는 한순간에 모든 것을 잃고
유명세와 관계없이 아무도 찾아주지 않는
환자가 돼 버렸다

그가 장기 입원하고 있는 병원은
산이 높고 골이 깊으며 공기만 맑다는 노
인 전문 병원이다

그곳 병원 내에서도
그는 웃기는 인간이 아닌 건강관리를 제대
로 못한

우스운 인간이 됐다 개그의 기본은 아이러
니다

실제로 개그맨이나 연예인 중에 뇌졸중으로 인해
장애를 입는 사람이 많습니다. 뇌졸중은 성인병 가
운데 대표적인 병이죠. 이걸 다시 말하면 장애는 그
누구도 자유로울 수 없다는 것입니다. 이 방송 들으
시는 청취자 중에도 비슷한 경우로 장애를 가지신

분들이 계실 것입니다만 항상 장애는 정말 도둑처럼 찾아오죠. 수많은 사고나 질병 이런 것들로 인해서 사람은 누구나 장애인이 될 수 있는 위험에 노출되어 있습니다. 오죽하면 스핑크스가 퀴즈에서 아침엔 네발, 점심엔 두발, 저녁엔 세발인 동물이 무엇이냐 묻겠습니까? 정답은 사람이죠. 저녁에 세 발은 노인이 되어서 혹은 장애인이 되어서 지팡이를 짚는다라는 굉장히 깊은 철학적 의미를 담고 있지 않습니까? 그래서 이 개그맨도 바쁘게 남들 웃기면서 열심히 살다보니 어느 순간 자신이 장애인이 될 줄은 몰랐던 것이죠.

장애는 개그맨뿐만 아니라 대통령이나 청소부 가리지 않고 찾아옵니다. 건강관리 정말 열심히 해야 하지만 그게 뜻대로 되지 않는 것이 우리 인생이죠. 아무리 최고 정점의 자리에 올라갔어도 장애인이 되는 순간 몰락하는 것이 우리 사회의 현실입니다. 시인은 그 사실을 굉장히 냉철하게 바라봤습니다. 인생은 결국 건강을 잃으면 다 잃는 것이다. 건강 없다면 결국 그의 행복과 이루었던 모든 것들이 한순간에 무너진다. 이런 것을 이 시 개그맨을 통해서 보여주었습니다.

남들 웃기는 직업 얼마나 행복한 직업입니까? 존경받고 무대 위에 올라가서 좌중을 압도하죠. 하지만 그가 순간 뇌졸중으로 쓰러지고 장애인이 된 뒤에는 아무도 그를 찾아주지 않습니다. 본문에 이렇

게 나옵니다. 아무도 찾아주지 않는 잊혀진 환자
가 되어 버렸다.

사람이 변한 것은 아닙니다. 다만 장애가 있고 없
고에 따라서 잊혀져버리는 우리 사회의 냉혹한 현실
을 시인은 예리하게 파헤치고 있는 것이죠. 그리고
는 장기 입원하고 있다고 그랬어요. 이건 뭐냐 가족
들도 그를 거들떠보지 않는다는 것입니다. 개그맨이
었을 때는 돈을 얼마나 많이 벌고 유명했겠습니까?
하지만 장애인이 되는 순간 용도폐기가 되어버리는
이 슬픈 현실을 시인은 날카롭게 꼬집고 있는 것이
지요. 이게 장애인들이 볼 때는 가슴 아프게 전해져
오지만 비장애인들에게는 일종의 깨달음을 주는 거
죠. 자기 건강관리 열심히 하고 당신들이 얻거나 이
룬 것은 순식간에 없어질 수 있는 것이다. 교만하지
말아라. 우스운 인간이 되어서는 안된다. 이렇게 이
야기 합니다.

마지막 구절에 개그의 기본은 아이러니다 라고 이
야기 했습니다. 모순된 현상에 부닥치는 것을 우리
는 아이러니라고 하죠. 개그맨으로 남을 웃겼는데
결국 그가 나중에는 우스운 사람이 되어버렸다. 다
시 얘기해서 장애를 가지게 되면 이루었던 모든 것
추구했던 모든 것을 잃는 현실, 사실 그게 정상은 아
닙니다. 장애가 있고 없고 상관없이 자신의 꿈을 가
질 수 있어야 하고 삶의 존엄성을 얻을 수 있어야 하
는데 우리의 현실이 그렇지 않음을 시인은 예리하게

파악한 겁니다. 건강관리를 열심히 하고 장애로부터 항상 마음을 놓아서는 안 됩니다. 그리고 장애인들을 보시게 되면 저건 나의 미래의 모습이다. 나도 언젠가는 저렇게 될 수 있다라는 사실을 이 시를 통해서 다시 한번 깨달으셔야 한다고 저는 믿습니다.

세 번째 시 보여드리겠습니다.

은둔 남

나갈 거니 안 나갈 거니
그냥 집에 있을 거야

십 분 뒤 아님 삼십 분 뒤 나갈지 안 나갈지
나도 잘 모르는 모르겠다.

나가게 될지 안 나갈지 안 나가고
집에만 있게 될지 잘 모르겠다.
모르는 걸 물어보니 모른다. 모르겠다.
알 수 없다고 말할 수밖에

모르겠다. 언제쯤 나가게 될지
확실히 아는 건 모른다는 사실뿐

그는 군대 제대 후 이십년 동안
방에 틀어박혀 외출은 전혀 하지 않고

컴퓨터 게임에 빠져 시간을 죽이고 있다
오거리 장터에서 채소를 파는

늙은 어머니에게 생활을 도맡긴 채
그로 인해 어머니는 오래 살아야만 한다

얼핏 보면 이 시엔 장애에 관한 이야기는 없습니다. 근데 장애를 다룬 시에요. 왜 그러냐? 이게 이제 일본 말로는 히키코모리(ひきこもり)라고 해서 아주 틀어 박혀 있는 폐쇄되어 있는 인간형을 이야기하는데 요즘 그런 사람들이 우리나라에도 많이 생겨나고 있다고 합니다. 청년실업이라든가 삶의 고통 때문에 그런 사회현상이 생겨나는 거죠. 이 은둔남은 밖에 나가지 않습니다. 집에만 있어요. 엄마가 벌어서 먹여 살립니다. 본인인들 왜 나가고 싶지 않겠습니까. 하지만 나가는 게 두렵다 보니, 내세울 게 없다보니, 그냥 틀어 박혀 있는 것입니다.

그러면 신체적인 장애의 기준으로만 보자면 이 사람은 전혀 장애인이 아닙니다. 우리가 장애인이라는 개념을 규정할 때 신체적인 결함이 있는 사람을 애

초에는 장애인으로 규정했어요. 그런데 신체적인 결함이라는 것은 아시다시피 충족이 됩니다. 보충이 되죠. 팔다리가 없는 사람은 의족이나 의수를 쓰고 저와 같은 지체장애인은 휠체어를 이용해서 원하는 곳을 갈 수 있게 되었습니다. 그래서 사실은 장애의 원초적인 개념은 신체의 결함이나 결손에서 시작이 되었는데 이걸 가지고는 장애를 다 다룰 수 없으니까 그 다음에는 어떻게 개념이 변화했느냐면 신체적인 결함은 물론이고 활동에 문제가 있는 사람들을 장애인으로 규정했습니다. 활동이 잘 안 되는 사람들이 장애인에 들어온 거죠. 그런 분들을 예로 들자면 나이가 들어 서서히 노쇠해져 가는 노인들 같은 분들도 장애의 개념에 들어갈 수 있는 것이죠. 아이들도 어떻게 보면 장애의 개념에 들어가게 됩니다. 너무 어리기 때문에 활동하는데 구애를 받게 되기 때문이죠. 임산부도 마찬가지고요. 요즘은 그러한 사람들이 모두 같이 보호를 받아야 할 대상으로 보고 있습니다.

그런데 이 활동의 개념 역시도 얼마든지 주위에서 도움을 주거나 자동차라든가 교통편의시설을 이용하고 인터넷이 발달하니까 꼭 누구든가 만나야만 활동이 되는 것이 아니게 되었어요.

그러니까 이 장애에 관한 개념의 변화가 필요한 겁니다. 최종적인 개념변화는 참여가 되느냐 안 되느냐에요. 그 사람이 아무리 신체에 장애가 있고 없고 여부를 떠나서 멀쩡하거나 장애가 없어 보여도 정상적으로 사회 활동에 참여하지 못하고 직업을 갖지 못하고 이렇게 은둔하는 사람은 장애인인 것이죠. 그렇게 따지면 장애인 아닌 사람은 거의 없습니다. 요즘 같은 시절에 취업은 잘 안되고 눈높이는 높은데 뭐 집에만 틀어박혀서 부모의 신세를 지고 있는 캥거루족도 장애인이죠. 제가 봤을 때 새로운 형태의 장애인입니다.

그것을 시인은 날카롭게 잡아낸 것입니다. 은둔남. 오히려 늙은 어머니가 생활을 하는데 멀쩡한 아들이 방에 틀어박혀서 게임이나 하고 외출을 안 하는 것은 굉장히 심각한 장애인 것이죠. 그래서 우리가 장애를 나와 다른 소수의 몇몇 신체 장애인들만 장애인들로 보는 것은 맞지 않고 정말 자신의 역량을 발휘해서 활동하고 사회에 기여해야할 사람들이 그렇지 못한다는 것. 그 또한 심각한 장애임을 시인은 지금 강변하고 있습니다.

요즘 젊은이들이 취업도 되지 않고 일자리도 없다 그럽니다. 실업자가 쏟아져 나오고 있고 스펙을 강조하고 뭐 이러면서 취업재수생이니 뭐니 하면서 무료한 시간을 보내는 이 사회적인 병리현상은 결국 청년들을 이 땅에 열심히 일할 사람들을 사회적 장애인으로 만드는 또 다른 현상이라고 볼 수 있습니다. 일자리를 많이 만들어주고 그 뒤에 일을 함으로써 사회에 기여하고 세금을 낼 수 있게 해주는 것.

그게 참여하지 못하는 최근의 장애의 개념으로 볼 때 그런 장애인들을 구제하는 일이기에 젊은 청년들이 원하는 곳에서 일할 수 없게 되는 현상들도 치료해야 한다는 시인의 혜안이 돋보이는 시입니다. 지금 우리들 주변에 은둔해 있거나 활동이 되지 않는 사람들이 있다면 그들에게 따뜻한 시선을 주는 것이 장애인을 더불어 사는 세상으로 이끄는 길이기도 하다는 생각을 합니다. 시인의 일련의 시들을 보면서 장애가 이제는 비장애인들 혹은 문인들의 관심사로 확산되어 가는 것 같아서 보람이 있고 기쁩니다.

인지

초판인쇄 | 2015년 5월 10일
초판발행 | 2015년 5월 15일
지은이 | 강만수
펴낸곳 | 황금두뇌 출판사
펴낸이 | 이은숙
주소 | 서울시 강북구 수유동 461-12
전화 | 02-987-4572
팩스 | 02-987-4573
등록 | 99.12.3 제9-00063호

ISBN 978-89-93162-35-6 03810